コヨーテ・ソング

伊藤比呂美

Switch Publishing

コヨーテ・ソング

目次

装画
谷山彩子

装幀
緒方修一

コヨーテ・ソング

わたしはチトーでした

最初にコヨーテを知ったのは、
『少年少女シートン動物記』でした、
オオカミ王ロボ、峰の王者オオツノヒツジ、野ブタの家族、ぎざ耳ウサギ、アライグマ、でもいちばん好きだったのは、かしこいコヨーテの話、
さんざん、さんざん、読みふるした、
シートン動物記からはいろんな知恵を、ウサギの知恵も、オオカミの知恵も、
野ブタの知恵も教わったけれども、コヨーテの知恵にまさるものはなかった、
雌コヨーテのチトーが、人に飼われて、つながれっぱなしで、

人になつかず、虐められ、やがて逃げ出し、
生き抜く知恵を身につけて、
人と犬から逃れるために、
コドモをくわえて、必死で走っていった、
さんざん、さんざん、読みふるした、
本の巻頭にはアメリカの地図があり、物語の舞台となった土地に、動物たちのしるしがついていました、コョーテは中部の平原に、オオカミは南西部とそれからずっと北の方に、それからぎざ耳ウサギも、野ブタも、エリマキライチョウも、アメリカのどこかにしるしがありました、
子どものころは、それがわたしのアメリカでした、
あの本はどこにいったか、わたしは子どもだったころ住んでいた家に住んでいません、その町にすら住んでいません、その国にすら住んでいません、居場所を無くし、人との関係を無くしたのも無くしかけたのも、それからことばも、

無くしかけた、あの、さんざん読みふるした本も、どこにやったか、無くしてしまいました、

つい先日のことです、

Amazonで検索してみました、英文の原作を、

出てきました、それで注文してみました、

「Lives of the Hunted」

初版一九〇一年、一九六七年に出た復刻版が、わたしのところに、とどけられました、

図書館の本でしたが、大きく「廃棄本」と印が押してありました、図書館でもういらなくなったその理由はたぶん残酷すぎるからです、今どきの子どもには残酷すぎる、こんなご時世、かれらこそ仮想の世界で殺し慣れているというのに不思議なことですが、残酷すぎる、母コヨーテは授乳して仔をなめていると

ころを射殺され、仔らは隠れた穴から一匹また一匹と引きずり出され、
こう書いてあります、
Even at this age
こんなに幼くても、
「こんなに幼くてもすでに個性というものがそなわっており、引きずり出されて殺されたとき、あるものはひいひい声をあげ、あるものはうなりました、咬もうとしたものさえいました、危険がせまったのを気づきおくれたものは逃げおくれ、群れのいちばん手前で最初に殺されました、最初に危険に気づいたものは最初に逃げていき、群れのいちばん奥にうずくまっていました、冷淡に、残酷に、一匹ずつ同胞たちが殺されていって、最後にようやくこの用心深い仔が引き出されたわけです、その仔はぴくりとも動かず、さわられたときも半目をとじて、本能のままに《死んだふり》をしていました、男のひとりがつかみあげたときも、鳴きも抵抗もしませんでした」

It neither squealed
鳴きも、
Nor resisted
抵抗もしませんでした、
原作は英文です、でもつるつる読めた、日本語をおぼえていたから、
さんざん、さんざん、読みふるしてあった、
そうして幼いコヨーテたちはみんな殺された、
チトーと名づけられる仔だけは生きたまま、
同胞の死骸といっしょに袋につめられて牧場に運ばれた、
原文によればティトー（Tito）、
そんなことじゃないかと思っていました、昭和三十年代の古い訳本だからその
頃の日本の子どもに【ti】が発音できるわけがない、でもそれでそだちました、
コヨーテの名前は、いつも、

わたしには、チトー（Chito）でした、
わたしは、チトー（Chito）でした、

Wow-wow-wow-wow-wow-w-o-o-o-o-o-o-w
（ウォウウォウォウウォウウォウウォウウォオオオオオウ
とにほんごで表記したらこうなる）
覚えている、この声
子どものころ、さんざん、さんざん、読みふるした、
そこにはこう書いてあります、
inborn hankering to sing
「うたわずにはいられない本能」
歌は、
a volley of short barks

「連続するみじかい吠え声と」
mixed with doleful squalls
「悲しげなわめき声とが混じり合った」
Wow-wow-wow-wow-wow-w-o-o-o-o-o-o-w
ウォウウォウウォウウォウウォウウォオオオオオウ
こう書いてあります、
「陽が沈むと、チトーもまた、あの歌、
コヨーテにはどれほどか意味のある、
西部の野性の歌をうたいたいという思いにつきあげられました、
それは個体のあるいは今現在の発明ではなく、
すべての時代のすべてのコヨーテの、
思いをつみかさねてきたものでありました」

忘れてたのならゆゆしきこと、
だからいやなんだ年取るっていうのは、こんな大切なことを忘れる、
《個体のあるいは今現在の発明ではなく、
すべての時代のすべてのコョーテの、
思いをつみかさねてきたものを表現する》と
《いつなんどきでも危険が近づいたときには、
低くなる・静かにする・注意をひくことは何もしない》は
子どものころ覚えたいちばん大切なこと、
チトーの知恵、
生き抜くための、
そして、思い出した、なぜ、わたしが、
アメリカというところに渡ってきたのか、

子どものころ覚えたいちばん大切なことは、
さんざん読みふるした本に書いてありました、
無くしたばかりか、
忘れていたなんて、
動物たちの運命を、生き死にを、
平原の生き方を、わたし自身を、
チトーは、
殺されても殺されてもよみがえってきた、
それを人々は執念深く執拗に殺し返した、
それでチトーはまた、
だましたり、だまされたり、ウンコをまきちらしたり、欲情したり、
追いつめられれば追いつめられるほど、チトーが、
個体のあるいは今現在の発明ではなく、チトーが、

すべての時代のすべてのコヨーテ、つまりチトーの、
思いをつみかさねてきたものが、
明瞭になっていって、
チトーに、
チトーに、わたしは、
家を捨てて、飛行機の切符を買い、
ここに来ました、
においを嗅いだことがある程度の人がいて、
そのにおいをたどってやって来た、
部屋をみつけて、車を借りて、
ビザ無しでいられるいっぱいの三か月間、ここで暮らそうとおもった、
なぜ来たと人にきかれたら、こういうつもりでした、
わたしは詩人です、アメリカ先住民の口承詩を知りたくて来たんです、

それはほんとうでした、
でも何を知りたいのかも知らなかった、
どこへ行けばいいのかも知らなかった、
だれに会えばいいのかも知らなかった、
人としゃべるのはいつも苦手でした、にほんごでも苦手なんだから英語ではまるで不可能、わたしがだれかってことさえ語れはしない（にほんごでも数十年かかったのに）、
ほんとうは、
コヨーテに出会おうとおもった、そしてその呼び声を、
乾いてカラカラ鳴る闇夜の路上で、
耳をすませて聴こうとおもった、

註　Ernest Thompson Seton "Lives of the Hunted" から引用があります。

コヨーテ、カモ娘を

伝え聞いたコヨーテの話をします。

コヨーテがゆくあての無い旅をつづけていました。あるとき、川に沿って歩いていましたら、向こう岸で泳いでいるカモ娘たちをみつけました。お尻のぷりぷりしたカモ娘たちでしたから、たちまちペニスはそそり立ってしまいました。

コヨーテは繁みに隠れて、いろいろ考えました。なんとかペニスに、そそりたつのをやめさせることはできないか。なんとか、う—む、ペニスにいい気持ちを味わせることはできないか。それで、考えつきました。ペニスなんだから、そのまま川にはなしてやりゃカモ娘たちに届くんじゃないかと。

それで、やってみましたさ。ところがペニスは浮きながら流れていきました。

〈これじゃだめだ〉

がっかりしたコヨーテはさらに考えて、ペニスを引きもどし、大きな石をむすびつけて浮かばないようにして、また、川の流れにはなしてみました。こんどもだめでした。重すぎて、沈んでしまいました。がっかりしたコヨーテは、あきらめない、またペニスを引きもどし、こんどはずっと小さい石をむすびつけてみましたよ。

うまくいきました。ペニスは川面の下に沈みましたが、沈みきらずに流れていきまして、だれにも見られずに、カモ娘たちに近づいていきまして、いちばん年かさのカモ娘にしのびよりまして、ぷりぷりしたお尻を撫でたと思うと、つるんと、膣の中にすべりこみました。

〈あ〉

いちばん年かさのカモ娘が、目を見開いて小さな声をあげました。ほかのカモ娘たちはおどろいて口々にききました。

〈どうしたの、おねえさん〉

〈どうしたの、おねえさん〉

〈どうしたの、おねえさん〉

カモ娘はもじもじからだを動かしながらいいました。

〈何かがあたしの中に入ってきたの、あっ〉

とカモ娘はおもわず目をとじ、

〈あっ、何かが、出たり入ったりしてるの、あっ〉

〈どうしたの、おねえさん〉

〈どうしたの、おねえさん〉

〈あっ、あっ、あっ〉

年かさのカモ娘はこらえきれずに水の中で腰を振りました。

〈あっ、いやっ、あっ、あっ、なにかが、あっ〉

そのときいちばん年下のカモ娘がくるくると年かさのカモ娘のまわりをおよぎまわって見慣れないものを見つけました。

〈これはなに〉

〈なんだろう、見たことないね〉

〈引っぱってみようよ〉

カモ娘たちはペニスをつかんで引っぱり出そうとしましたが、

〈おお、気持ち悪い、つるつるしてるよ〉

〈あっ、あっ、引っぱって、あっ、引っぱらないで、あっ〉

〈おお、気持ち悪い、すごく長いよ〉

〈あっ、あっ、引っぱって、あっ、引っぱらないで、あっ、引っぱって、あっ、あっ〉

どう引っぱっても、それは出てきませんでした。それでカモ娘たちは岸にあがって、年かさのカモ娘を引っぱりあげ、岸辺に寝かせました。

そしてようく調べてみますと、たしかに何かへんなものがカモ娘の股の間から出てどこかへずっとつながっていました。

そこでひとりが年かさのカモ娘をうしろから抱きかかえ、年かさのカモ娘はもうひとりのカモ娘の腕にしっかりとしがみつき、残りの三人が股の間から垂れてるものを力いっぱい引いてみました。

〈ああっ、ああっ〉

年かさの娘は大きくのけぞって、

〈ああっ、いやっ、ああっ、ああっ〉

河原中にひびきわたる声で咆哮して、身をよじって、

〈ああっ、あああっ、あああああっ〉

でもどうやっても出てきません。みんなくたくたに疲れてしまいました。

そのうちなんだかおかしくなって、ひとりがくつくつ笑い出し、またひとり、またひとりと、みんなくつくつ、くつくつ笑い出し、そしてとうとう年かさのカモ娘まで、股から長く垂らしたまま、くつくつ、くつくつ、とうとうカモ娘たちは、みんな、ぷりぷりしたお尻を揺すぶって、笑いころげました。

そのころにはコヨーテはすっかり満足して、カモ娘たちに呼びかけたのでありました。

〈おじょうさんがた、どうしたの？〉

カモ娘たちがコヨーテにわけを話すと、コヨーテは物知り顔にいいました。

〈固い葉っぱで切っちゃえばいいんだよ〉

そこでカモ娘たちは、固い葉っぱを探してきて、そのつるつるしたものが、年かさのカモ娘の膣から出たところで、ぐさりと切りとりました。

そのときコヨーテも、長く伸びていった自分のペニスを、根元のところで切り落としました。

まん中の部分はずるりと川の中に落ちていって流れていき、浮いたり、ぶつかったり、ひっかかってからまったりしたあげくに、岩棚に変化して、そこに落ち着きました。まだ落ち着いているはずです。

年かさの娘の膣には、まだ何かが入っていました。でもそれはもう動きません。動きませんと、何の力もありません。何の力もない動かないペニスは、娘のいのちを吸い取っていきました。

娘はみるみる打ち萎れてきました。青ざめて、力は無くなり、笑わなくなり、頭を垂らし、手も足もぐんにゃり、目をとじて、息も鼓動も、もうすこしでとまってしまうところでした。

そこにコョーテが、向こう岸から川をおよぎ渡ってきました。

〈コョーテよ、まじない師の〉

〈コョーテよ、まじない師の〉

娘たちは口々にささやきました。

〈おねえさんをなおして、死んでしまう〉

〈おねえさんをなおして、死んでしまう〉

娘たちは口々に懇願しました。

〈なおしてあげる〉とコヨーテはいいました、〈なおしてあげるから、小屋の穴をどれもふさいで、おれの術を見ないようにしてくれよ、小屋の中には、あの娘とおれだけしか入っちゃいけないんだ、だれものぞいちゃいけないんだ、術をかけてる間じゅう、おまえたちは小屋のまわりにすわっててておくれよ、丸太を棒で叩いて歌っててておくれよ、いいかい、よく気をつけて、いいリズムで叩くんだよ、たいへんな術なんだから〉

そしてコヨーテは歌いはじめたのでありました。

〈おれはそれを取りもどす
おれはそれを取りもどす
おれはそれを取りもどす

おれはそれを取りもどす
おれはそれを取りもどす
おれはそれを取りもどす
おれはそれを取りもどす
おれはそれを取りもどす〉
コヨーテはカモ娘を抱き上げて小屋に入り、床におろして娘のからだをひろげ、股の間にぐいと入り込み、先っぽの無いペニスをそっと膣のとば口に押し当てると、〈おれはそれを取りもどす、おれはそれを取りもどす〉と小さな声でとなえて、一気に奥までつっこみました。
わおう！
コヨーテはペニスの先端を取りもどしました。
娘はたちまちよみがえり、息を吐き、膣の中には水がみちみちて、カモ娘はコヨーテの首にしがみついて、〈もっと、もっと〉とあえぎました。

コヨーテは、夜になっても朝がきてもカモ娘とつがいつづけ、小屋から出てきたときには、カモ娘はすっかり元気になってたそうですよ。コヨーテの術はなんと効きめがあるんだろうと人々がうわさしました。

註　ネズパース族の話から。

平原色の死骸

むかしデパートの「最終!!　期末毛皮バーゲン！」の広告で
コヨーテ
ということばを見つけました、
コヨーテだって？
ミンクや狐じゃなく、　チンチラでもヒツジでもなく
コヨーテだって？
おお平原だ、
ウォウウォウウォウウォウウォウウォオオオオオウ

うたわずにはいられないあの本能、
うほうっほっほっ平原だ、
ウォウウォウウォウウォウウォウウォオオオオオウ
ウォウウォウウォウウォウウォウウォオオオオオウ
ようそろ、平原だ、
うたわずにはいられない、
わたしが狩ろう、余人には渡せない、時は満ちた、力も満々、今しかない、そう考えてデパートのバーゲン会場に走っていった、そのへんの経緯は「物ヲ買ウ」というふつうの行為そのまんまでとても間抜けていたんですけど、でも
わたしはコヨーテを買いました、正確にいえば、
その死骸を買いました、さらに正確にいうなら、
その死骸数匹を買いました、もっと正確にいえばそれは、
数匹分の死んだコヨーテの皮をはぎあわせてありました、その上

耳も目も鼻も牙もしっぽもそしてペニスも取り除いてありました、
つまり、ばさっとはおれるただのコートになってました、
どんなに取り除いても残るものはあるんですね、
平原の色、
平原のにおい、カラカラに乾いたセージ、ニガヨモギ、
イヌ科のおしっこのにおい、
マーキングの習性、
平原の土くれ、砂埃になって舞い上がる、
濡れたイヌのにおい、ヒトの女の性器の暗がりのような、
乾いたイヌのにおい、ヒトの男の腋の下のような、
はてしのないあの空腹、飢餓感、
はっはっはっはっと垂れさがる舌、
あたりかまわず掻きむしる癖、抜け毛、鼻の湿り気、

「コヨーテといっても所詮はイヌだね」
とわたしはいいました、
「観念しな、あたしの勝ちだ」
イヌたちは観念し、負けたので、わたしにチカラをくれました、
で、着たかというと着てません、着られたものじゃありません、毛皮なんて奇矯すぎて暴力的すぎてあまりに反社会的で、なにしろ当時わたしは、ごく社会的に、とても家庭的に、秩序正しく生きてましたから、ええ、ただの夢でした、
ジユウニナリタイという
ドコカニイキタイという
ゴハンツクルノハモウイヤダという
コシノヌケルホドセックスシタイという
でもさいわいわたしたち家族はそれからすぐ寒い国に行き、

しばらく暮らしました、そこで冬になりました、寒い冬がやってきました、
寒さはしのがねばなりませんでした、家の暖房はまだつかず、車のヒーターは
こわれてました、
わたしはスーツケースからコヨーテを取りだして、それを着ました、
「寒いねここは」とヒーターのきかない車の中でコヨーテがいいました、
「平原よりずっと寒い
あそこではいつも風に吹き曝されていたが
ここでは風は無く寒さが下へ下へ降りてゆくね
あそこでは何もかもが砂まみれだったが
ここでは、何というか、何も無くなるのだね」

そのときコヨーテの声とともに、チカラが、わたしのなかに
立ち上がりました、

気づいたのは子どもです、当時五歳の、
「おかあさん、イヌが死んじゃったよ」
毎日車に乗り込むたびに、
「毛がぬけてるよ、おかあさん、イヌが死んじゃった」
家に入って脱ぎすてるたびに、
「イヌが死んだよ、死んじゃったんだよ、ねえおかあさんイヌがイヌが」と
子どもがさんざんわめいてわたしに警告したので、
「まだ生きてるよ」とわたしがいいかえしたら、
「死んだからおかあさんのこーとにされちゃったんでしょ」
と子どもは食い下がり、わたしはいいはなちました、
「コヨーテは死んでも死なない

あたしがコヨーテの死骸を着てるってことは
あたしがコヨーテの力をゲットしたってことだよ
あたしの方が強かったんだよ
毛皮を着るってそういうことなんだよ
Tシャツなんかとわけがちがう
動物より力が強くないと着ちゃだめなんだ
いつか食い殺されちゃうから
そしてあたしはうんと強いんだ、もっともっと強くなるんだよ」

「ほんとかなあ」と子どもがいいました、当時五歳の、
「ほんとよう」とわたしはいいました、当時三十五になったかならないか、

でもやっぱり子どもは気づきました、

「おかあさんてば、イヌがしゃべってるよ、死んだイヌだよ」
子ども、だまれ、
とコヨーテが無言で歯をむきました、
「おかあさんてば、
イヌなんか死んじゃった方がいいんだよ」と子どもがいいました
だまれ、だまれ、
とコヨーテがうなり声をあげました、

「何をおそれているのか、あの子ども」
とコヨーテがわたしにいいました、
「死んだイヌに力なんて無いのに、自分はただの死骸であるのに」
「何をおそれているのか、あなたこそ、あんな小さな子どもを」

とわたしはコヨーテにいいました、
「もう何もおそれることはない
あなたは死んだ、もう何もおそれなくていい」
そしてわたしはコヨーテにききました、
「死んだときは苦しかったか怖ろしかったか殺した者を憎んだか」

「痛みを感じたときは怖ろしかった憎いとは思わなかった、ただ思い知った
死にたくはなかったんだが死ぬとわかった
倒れて命が抜けていくのを感じるのはふしぎだった
そんなこと今までにいちどもなかったから
死ぬのははじめてだったから
死んだときはもう怖ろしくはなかった死ぬのだと思った、ただそれだけだった」

ともに寒さの中に出ていきながら、
コヨーテがささやき声で問いました、
「どんな力が欲しいか」
わたしはその毛皮に鼻までうずめてイグニッションキイを入れ、
ステアリングを握りながら答えました、
「走る力を」
「死なない命とイヌ科の臭いと跳躍力を」
「それから、はてしのない性欲を」

望んだものはすべて手に入った。
コヨーテの力はすみずみにみなぎった。
コヨーテの毛皮を脱いで。
子どもを置いて子どもの父を置いて。

乳首から乳をしたたらせ。
したたる乳を自分の口でうけとめながらわたしは。
セックスしに出かけた。
追いかけて逃げられて。
また追いかけて追いかけられもして。
さんざんさんざんセックスした。

（あのとき、何が欲しいかとコヨーテにきかれたとき
ひとつだけ頼みそびれたものがある
手に入るとおもっていた、いつでもどこでも極上のやつが
でも入らなかった
頼んでおけばよかった
走る力、死なない命とイヌ科の臭い、跳躍力と性欲、それから

ペニス、いくらでも長く伸びるあの
長くて細くて好色で、でも誠実で
わたしが捨てても、また捨てても
愛とか恋とかそういう妄想を持ちつづけようとするペニスを一本）

コヨーテ、歯を折り取る

伝え聞いたコヨーテの話をします。

コヨーテが、何かでっかいことをしようと思って、おもしろいことを探してあちこち歩いておりました。ある人が、悪いまじない師のことを語りました。それは、娘二人と住んでいるまじない師の婆で、娘たちを目当てにたくさんの若い男が訪ねていったけれども、だれも生きて帰れたためしがない、でもその娘たちは見たことがないほどの美人だそうだ、で、セックスはたまらなく良いそうだ、と。コヨーテはいいいました。

〈そういうとこだよ、おれが行きたいのは〉

〈気をつけなよ〉とその人がいいました、〈何をしたっていいけれど、あの娘たちとは寝なさんな、殺されちまうよ、そういう話だよ〉

どうやったらかわいい女と寝ることが男を殺すことになるんだろうとコヨーテは考えましたが、わからないまま出かけていったのでありました。

醜い婆でありました。皺だらけで、しみだらけで、ぶよぶよで。ところが二人の娘は噂どおり、見たことがないほどの美人でした。ひとりは婆にそっくりな顔をしてましたから、年を取るとはおそろしいもんだなとコヨーテは思いました。醜い婆でしたが、コヨーテにはとても親切でした。見るなり、にこにこして両手をひろげてこういいました。

〈おはいり、おはいり、まあなんてすがたのいい男だろう、こういう男にうちの娘を嫁がせたいなと思っていたんだよ〉

コヨーテは矢と矢筒を持って、ティピーに入っていきました、

〈おすわりよ、おすわりよ〉老婆がいいました、〈なにかおいしいものを出してあげよう、娘たちに給仕してもらいなよ〉

娘たちはコヨーテにたくさんのおいしそうなものを運んできました。野牛の背こぶはとろとろでおいしいし、野牛の舌はまったりとして嚙みごこちは最高だし、そのほかにも、美味きわまりないありとあらゆる肉が山盛り。それだけじゃない、年上のほうの娘は頬をあからめてそっといいました。

〈好きだわ、あなたみたいなひと〉

で、コヨーテは思いました。

〈ガセネタじゃねえか、こんなによくしてくれるところは無いよ〉

さて夜も更けまして、コヨーテはすっかり腹がくちくなりまして、眠たくもなってきました。

〈旅のあとだ、疲れてるだろ〉と老婆がいいました。〈外は冷えるよ、うちの娘たちの間でおやすみな、あっためてくれるよ〉

そこでコョーテは女たちの間にもぐりこんだんですけれど、もちろんむらむらとしてきました。でもやっぱりあの人のいったことが少しは気にかかってますでしょう、いつものコョーテらしくなくちょっとためらっていましたら、暗闇の中で若い娘の指がコョーテをちょんちょんと突っついたかと思うと、女の息が耳の中にふきこまれて、小さい、小さい声が、こうささやいたのでありました。

〈もうすぐおねえさんがセックスしましょっていうからね、しちゃだめよ〉

〈なぜ?〉とコョーテもつられて、小さな、小さな声で、ききかえしました。

〈あれは悪いまじない師よ、ほんとのおかあさんじゃないの〉と女はいいました、〈あたしはとらわれてる娘、おねえさんだけがほんとの娘、あの女はあたしたちのヴァギナに歯を植えこんだのよ、そして男がきたら、あたしたちにセックスさせるの、そしてこの歯が男のペニスをしっかりくわえて、こまかく噛みちぎるの、いったん中に入れちゃったらもう二度と抜けないの、どんなに強くひっぱってもだめなのよ、それで死ぬの、かわいそうな男たち、嚙みちぎられたペニスが痛くって、息が絶えるまで泣きながら〉

〈どうしてそれをおれにいうの？〉

〈あんたのことがなんだか好きになっちゃった、それにもう人が死ぬのを見るのはいやなのよ、男が死んじゃったら物をとるの、まじない師は人の物を盗むのはすごく好きだけど、人が死ぬとこを見るのはもっと好きなんだって〉

コヨーテは信じられなかったのでだまっていました。すると女がまたささやきました。

〈ねえ、きこえる？〉

〈ああ、きこえる、へんな音〉

〈これはね、あたしたちのヴァギナが歯を研いでる音〉

コヨーテはそれをききました。女のいったことを理解しました、そして信じました。

コヨーテと女がねむったふりをしていますと、年上のほうの娘が、これはまじない師のほんとうの娘でしたが、コヨーテのからだを細い指でまさぐっていいました。

〈ねえ、あなた、強い若い男〉と女は甘い声でささやきました、〈やりたくならないの？　やろうよ、いい気持ちにしてあげるわ、あたしの上に乗っかって、あたしの中に入ってみない？〉

コヨーテは女の膣の中で歯が怒り狂ったようにぎりぎり歯ぎしりするのをききました。

〈一目見たときからそれしか考えてなかったさ、美人さん〉とコヨーテはささやいて、〈ちょっと待ってよ、まず服を脱ぐ〉

〈早くってば〉と待ちきれない女は腰をコヨーテに押しつけて、〈ぐずぐずしないで、早く入れて、いま入れて！〉

コヨーテは、太い長い棒の、火であたたまったやつを炉から抜き取ると、女の膣にずぼりと突き入れました。

〈ああっ来た、男だわあ、やっと!〉と女はあえぎ、コヨーテは、ずぶりずぶりと抜いたり出したりしながら、その棒を奥深くまでさしこみました。

〈ああ、なんていいの、なんて熱くて、あっ、太くて、ああっ、長いわ、これが、はっ、ほんとの男の、持ち物だわあ、あっ、ああっ、ああっ〉

女がもだえている間にも、膣の中の歯はばりばりと木のペニスを嚙み砕き、こまかい木ぎれをまき散らし、コヨーテの上にふりしきりました。暗闇の中でも、大きく股をひろげた女の膣の奥にするどい歯がならび、ぎらぎらとひかり、がちがちと動くのをコヨーテは見てとりました。

〈なんてこったい〉とコヨーテはつぶやくと、すばやく矢をつがえ、女の膣の奥にねらいをさだめ、歯が嚙みあう前にと念じて深ぶかとうちこみました。つぎの瞬間、歯は嚙みあわさり、矢は矢羽の付け根で食いちぎられたのですが、危機一髪、矢尻は女の心臓にとどいていました。女は声もあげずに死にました。

からだからたちまち力が抜けました。

一瞬の油断もなく、コョーテは老婆に飛びかかり、ナイフで喉を切り裂いて、息の根をとめました。

そして、娘にいいました。

〈助かったよ、おまえのおかげだ、さあこんなとこに寝ちゃいられねえ、いっしょに行こう、結婚しようよ〉

〈どうやって〉と女がいいました、〈行きたいわ、でも知ってるでしょ、あたしへんなところに歯が生えてるのよ〉

〈とってやるよ〉とコョーテはいいました、〈だからおいで〉

二人はそこを出てコョーテの家にむかいました。一日中歩きつづけましたが、たどり着かないうちに夕暮れになりまして、コョーテはそこらの藪を切り取って二人分のかくれがを組み立てました。乾いたセージの葉をたくさん集めてきて、中にねどこもつくりました。そこはたまらなくいい香りでした。葉をかさ

こそ鳴らしながら、いい香りをふりまきながら、コョーテはそこに横たわると、甘い声で、娘に、

〈さあ、おいで、セックスしようよ〉

〈できないわよう〉と女が泣きながらいいました、〈あんた死んじゃうのよ、すごく痛いのよ〉

〈もちろん、最初はおまえの歯を折っちまわなくちゃならないけどね〉とコョーテがいいました、〈顔のところにあるやつじゃないよ、下のほう〉

そしてコョーテは女に股をひらかせると、膣の歯を一本ずつ折り取っていきました。〈あ、痛い〉と女が叫びました。〈なに、我慢して〉とコョーテが女の膣のまわりを指先でこすると女が一瞬うっとりとする、その隙に一本。〈あ、痛いってば〉と女がじたばたしました。〈大丈夫すぐ終わるから〉とコョーテは女の顔にあるほうの口で歯に歯をがちがちぶつけながらキスをする、その隙にまた一本。そんなふうに、一本だけ残して、あとはぜーんぶ折り取ると、コ

ヨーテはペニスをおったてて女の膣にすべりこんでいきました。うわおう！歯を一本だけ残しておきましたでしょ、そのおかげでセックスしている間じゅうスリル満点きんきんに興奮して、女は何度も何度も宇宙に飛んでったし、コヨーテも、何度も何度も爆発してしまいましたって。

註　ポンカ族の話より。

ロードキル

湾岸戦争がはじまって終わった年に、
わたしはひとりでカリフォルニアにいき、
根っこもない家族もない、おしっこもうんこもでないような顔して、
そのままそこで暮らしました、
ある日だれかに、
What brought you here?
ときかれてへどもどしました、
直訳すれば、何がはこんだか、あなたをここに、

どこの誰でもない、通りすがりの人でした、
何が、はこんだか？
風に？　飛行機に？
はこばれたのはほんとうだけど、
ほんとうは自分で来たんだよ、と思いましたが、
いえなかったです、咄嗟には、
その頃はまだ人のいってることばが聞きとれなかったし、
聞きとれても慣用句を知らなかったし、
いいたいことを伝えることもできなかった、それで、
WHAT BROUGHT YOU　問いの意味を
吟味し、吟味し、BROUGHT
HERE　理解し、
WHAT BROUGHT YOU HERE　考えました、

以下が答えです、
（考えついた頃には、質問した人はどこかへ行ってしまいました
だから今までひとりで答えてきました）
コヨーテを見るために
闇夜の音を聴くために
（むかしパパゴ族のフクロウ女の詩を読みました
In the great night my heart will go out,　大きな夜にはわたしの心が出てゆくだろう
Toward me the darkness comes rattling　闇がカラカラやって来る
In the great night my heart will go out.　大きな夜にはわたしの心が出てゆくだろう）
まじないの研究に
雨雲の観察に
コヨーテを殺すために

そのうち憑かれちゃった、殺すつもりで憑かれちゃった、
セックスに夢中になってそれしかしてなくてそれは男じゃなきゃだめで、
いてもたってもいられなくなってあたしのヴァギナは閉じたり開いたりし、
ペニスをのみこみ、
夜でも昼でも、
他人がいてもいなくても、
草の繁るなかにずんずん入っていった、
そしてスカートをめくりあげた、
コヨーテに憑かれてたんです、
したくてしてたんじゃないんです性欲なんかなかったんです、
ただカラダをぶつけて、
あ（イタイ）あ（イタイ）と声をあげて確認したかったんです、
わたしはどこにいるか

わたしは価値があるか
どこにいるか
価値があるか
(どこにもいないような気がしてたし価値なんかあるとは思えなかったから)
くりかえしくりかえし同じことをしましたが、
セックスはどぎまぎします、します、どぎまぎ、
はじめての人とは一瞬やり方がわからなくなるので、
思い出して、がんばるんです、
憑いたコヨーテを祓うために
祓ってコヨーテを殺すために

路上には死骸がいっぱいありました、
フリーウェイでも細い脇道でも、

ころがっていたりつぶれていたり、
あれは「ロードキル」っていうのだ
とだれかがわたしにいいました、
最初にきいたときの場所も、それをいった人の声も、覚えています、
その英語の発音も、覚えていますけど、
その人の名前は、忘れてしまいました、
どこの誰でもない、通りすがりの人でした、
こんなふうに使います、
「わたしは、見た、ひとつのロードキルを、路上で」
「ロードキルは、見慣れた風景、アメリカにおける」
「知ってますか、ロードキルは食べられる、料理本も出版されている」
しかしなぜ ROAD KILL なのか
KILLED じゃないのか

殺されてるじゃないか、殺してないじゃないか
SCHOOL KILL にそっくりなのに
悪意がぜんぜん感じられないじゃないか
正確にいえば
ROADKILL : Animals fatally struck by or ridden over by vehicles on roads and freeways
正確に訳せば
道、殺ス：動物たち、致命的に、はねられた、ないしは轢かれた、車両によって、路上で、また高速道路上で
道、殺ス
わたしはわたしたちは、道、殺シ
わたしはわたしたちは、道、殺シテ
わたしはわたしたちは、道、殺サレ
わたしはわたしたちは、道、殺サレテ

ずたずたに引き裂かれて風に散って
いくのをジッとみつめます

で、わたしのみつめた道、殺スはこんなのです、
オポッサム。白い顔で目を閉じて口を開けている
スカンク。何マイルも先から死んだことがわかる、においで
アライグマ。身元がわかるのはしっぽだけ、あとは肉塊
ウサギ。リス。シカ。カラス。タカ。イヌ。そしてネコ。それから
種は特定できなかったがタヌキ大の動物、大と小、二匹同時に
推し測るに、母が仔をくわえて渡ろうとした瞬間
道、殺サレタ
（残りの仔も巣穴の中で死に絶えた）
それからコヨーテ

足のつっぱったのや力の萎えたのや
原型をとどめないのや血まみれのや
道、殺ス、殺シテ殺シテ、殺シキル

湾岸戦争がはじまって終わった年でした、
わたしは、コヨーテの体臭を嗅ぎつけるために
雨雲の観察するために
闇夜の音を聴くために
闇夜に眠らないために
コヨーテの肉を食って毛皮を着るために
やって来ました、
道の両側には戦勝の黄色いリボンが一斉に飾られてありました、
道の上、道の端では死骸たちが、

殺セ、殺セ、殺セ、殺セ、殺セ、殺セ、
殺セ、殺セ、殺セ、殺セ、殺セ、殺セ、
受けた暴力をはね返して一斉に叫びました、
死の力をはね返して一斉に叫びました、

註　Wikipedia および A. Grove Day "The Sky Clear" から引用があります。

コヨーテ、子育てに失敗する

伝え聞いたコヨーテの話をします。

その男は、棒っ切れを持って歩いていました。一方コヨーテは、いつものように、ゆくあてもなく歩いていました。棒っ切れを持った男が向こうにいるのを見つけて、

〈おうい〉とコヨーテは呼びかけました。

〈なにしてるんだい〉

男は答えませんでした。そこでコヨーテはもう一度声を大きくしていいました。

〈おうい、そこのおまえだよう、なあにを、してる、ん、だーい〉

男は答えませんでした。それでまたコヨーテは、もっと大きな声で同じことをききましたが、男は答えませんでした。男は、何も聞こえなかったように表情ひとつ変えず、ずんずん歩いていきましたが、やがて立ち止まると、こうつぶやきました。

〈そろそろ腹が空いたかな〉

コヨーテは、それをききつけました。

そこに小さな丘がありました。男は、持っていた棒っ切れで、いきなりそれを殴りつけました。丘はうめいて立ち上がり、ばったり倒れて動かなくなりました。丘と思ったものは、大きな、年老いた、熊でした。

こんな強引な狩りをするものはねえなと、コヨーテが呆れて見てますと、男はちゃっちゃっとかまどを組んで、火をおこし、熊を乗せると、熊の毛を焼きました。それから肉を切り分け、細かく刻み、荷物の中から壺を取り出すと、水をみたして熊肉をゆでました。

〈急がなくっちゃなあ、子どもらの腹がぐうぐう鳴ってるからよ〉

男はこうつぶやいていました。コョーテはそれもききとりました。

やがて熊汁が煮えました。男は荷物の中から木のお椀を取り出すと、熊汁をよそいました。そしてそれを冷ます間、とても不思議なことをしました。ベルトにしばりつけてあった膀胱を取り外し、そこから、子どもを四人、つぎつぎに取り出したのです。

その子どもらは、並はずれて小さいのに何もかもよくできていて、小さな手足に、きれいな服をぴっちりと着込んでいて、小さな靴まではいていました。顔だちも月のようにかわいらしくきらきらとしていました。そして男の顔を見て、四人ともとろけるような笑顔で抱きついていきました。

子どもたちに歓声をあげて抱きつかれた男は、それまでの無愛想さは消えて無くなり、にこにこと笑いくずれ、話しかけたり、抱き上げたり、頬ずりしたりしながら、熊汁をじゅんじゅんに食べさせてやりました。

見ていたコヨーテが不思議でたまらなかったのが、もうひとつ、男が子どもたちにあまりたくさん食べさせないことでした。コヨーテは、食べ物を前にしたらさいご、食えなくなるまで食う、食えなくなっても食いまくるというやりかたで生きてきましたからね。

コヨーテは子どもたちが欲しくてたまらなくなりました。あんなかわいい小さいものにまつわりつかれたらどんなにいい心持ちだろう。

子どもたちに食べさせおわると、男はまた子どもたちを膀胱に入れてベルトからぶらさげました。

コヨーテはそれを見て、もっともっと欲しくなりました。おしっこをしたいときにしゃーっとするのはとってもいい心持ちなんだから、そのかわりに子どもを入れたり出したりするのはもっといい心地だろう、それをベルトにぶらさげるのは、もっともっとおもしろいだろう。

それから男は木の枝を折りとって、壺の中の肉も脂もぜんぶ掻き出して食いつくし、骨もカラカラになるまでしゃぶりつくし、残った汁を最後のひとしずくまで飲み干しましたが、それを見てコヨーテは、喉がごっくりごっくりと鳴りやまず、よだれがだらだら垂れてきました。

男は壺をしまいこむと、また歩きはじめ、コヨーテはその後をついていきました。男は歩きながら、振り返りもせずにいいました。

〈こんな具合だ、おれは忙しくって、おまえなんかとしゃべくってなんかいられねえ〉

コヨーテはいいました。

〈いや感心した、おまえ一人であれだけの子どもを育ててる、なかなかできることじゃねえ、なあ、子育てといえば、おれぐらい子育てのうまいものはないぜ、どうだい、年下のふたりはおれにまかせてくれねえか〉

〈とんでもねえ、あんたは物好きの、おっちょこちょいの、いたずら者だ、

いじくりまわして子どもらを殺しちまうよ〉

でもコヨーテはあきらめませんでした。

〈そういうなよ、おれは旅する仲間が欲しいんだ、こんな子どもたちだったらどんなに楽しいかと思ってさ、子どもたちの世話はちゃんとおまえのいうとおりにするよ、おれぐらい子育てのうまいものはないぜ、実の父親というわけにゃいかないが、面倒見はいいし、子ども好きだし、遊びはいっぱい知ってるし、最高の伯父さんになれるてもんだ〉

そうして男は説得されました。

男はコヨーテに手頃な棒っ切れを作ってやりました。そして壺と椀もゆずりました。そして熊の残りもコヨーテにやりました。

〈いいか、コヨーテ、もしこの子たちを死なせたら、おまえがどこにいようとおれはおまえを殺しに来る、食事は一か月に一度、それだけだ、一回にあんまりたくさん食べさせてはいけないのだ、それ以上食べさせるとこの子たちは

死んじまうからな、子どもらがほしがるから、おまえも一か月に一ぺんしか食べられないのだ〉
〈いうとおりにちゃんとやるよ、子育てにかけちゃおれくらいうまいものはねえ、まかせてくれよ〉
コヨーテは胸を張ってうけあい、二人はそれぞれの膀胱をそれぞれのベルトにしばりつけて別々の方向へ歩き出していきました。

歩きはじめていくらも経たないうちに、コヨーテは考えました。

〈そろそろ腹が空いたころじゃないかな〉

ちょうどそこには小さな丘があったので、コヨーテは棒っ切れでひと殴りして、大きな熊を仕留めました。コヨーテは急いで火をおこし、熊の毛を焼き、肉を切り分け、あの男のやったとおり、壺に水をみたして、熊汁を作って、肉が煮えたら木の椀にうつして冷ましました。そして膀胱を開いて、子どもらを取り出しました。

〈おーおーさびちかったでちゅね、さー、ごはんでちゅよ、うまうまでちゅよ〉

コヨーテは一生懸命子どもらに食べさせました。

〈もっと食べなちゃい、いっぱいいっぱい食べなちゃい〉

コヨーテは男のいいつけをすっかり忘れて、もうたべられないと子どもがいうまで、腹いっぱい食べさせました。そして子どもらを膀胱に戻すと、こんどは自分で、熊汁の肉も脂も汁も骨も、ぜんぶ平らげてしまいました。

そうやって旅をつづけていきますと、いろんな動物に出会います。みんなおもしろがってコヨーテからわけを聞き出しまして、とどのつまりは、みんながコヨーテにいいました。

〈おまえみたいな食い意地の張ったやつが、一か月に一ぺんしか食わずに我慢できるのかい、またすぐに腹ぺこになっちまうよ〉

たしかにコヨーテはもうとっくに腹ぺこでした。

〈いけねえ、おれがこんなに腹ぺこなんだ、子どもらだって腹ぺこだぞ〉

そう考えたときには、コヨーテはもう小さな丘を殴りつけていました。熊を殺して火をおこし、毛を焼き、肉を切り分け、熊汁を作りました。熊汁が冷めたころに膀胱を開いてみると、子どもらはぴくりとも動かなくなってました。

〈いけねえ〉

コヨーテが二人を取り出すと、二人とも死んで冷たくなっていました。そのとき、うしろにあの男が立っていました。コヨーテは総毛立ちました。

〈コヨーテ、殺しに来たよ、いったとおりだろう、おまえは子どもを殺した〉

男はコヨーテに襲いかかりました。

コヨーテは逃げました。必死で、素早く、出来るだけ、でも男はその数倍も早かった。男はコヨーテにまた襲いかかりました。こんどもなんとか逃げおおせました。でも男はあきらめませんでした。コヨーテが山に逃げると男も山に追いかけてき、平原に逃げるとものすごいいきおいで追いついてきました。コヨーテが川に逃げると、男もざばざば川に入ってきました。地面の中に逃げ込むと、男は地の底まで追いかけてきました。

〈逃げ切れないよ、おれはどうしてもおまえを殺す、もうあきらめな〉

男はコヨーテを追いかけつづけました。コヨーテは逃げつづけました。

こうやって世界中を逃げ回り、とうとうコヨーテは地の果てまで逃げてきました。走りつづけていくと、そこには海がありました。海の正面から太陽がのぼってきました。とんがった岩山が海の真ん中に突きだしていました。太陽が、のぼり切ったところでした。水平線の真上で太陽がおそろしく膨張して、古い血みたいな色をして、ゆらゆら浮かんでおりました。コヨーテは海に飛び込みました。水がはねて、静かになり、やがて遠くの海面に、コヨーテの黒い鼻がぽっかりと浮かび出ました。

〈ちくしょう〉男はいいました。

〈コヨーテ、もう追わない〉

そして男はくるりと後ろを向くと、すたすたと去っていきました。

ずぶぬれになって海からあがってきて、しばらくのあいだコヨーテはそこに海藻みたいにへたばっていました。

〈なんと、助かった、あぶないところだった、とんでもないやつだ、あんな変なやつは見たことがねえ、ほんとにあぶないところだった、こんどばかりはいよいよ死ぬかと思ったものだ〉とコヨーテは、海藻のこびりついた頭をぶるぶると振っていいました。

註　ウィネベーゴ族の話から。

同行二人

コヨーテに会いに来た
いろんなものを捨てて来た
身軽じゃないと飛行機に乗れなかった
当時は飛行機に乗るにも重量制限があったからね、今はもうない、アメリカ人の体格が無制限に大きくなってしまったから、体重も荷物も無制限だ、そのときわたしは何回もかばんを抱えて体重計に乗り、はかっても、はかっても、いっこうに減らないので
しょうがないから本を出し

それから服を出し
トイレにいってウンコをし
服を出し
ゲロを吐き
また本を出し
すっ裸になってかばんを抱えて体重計に乗ってみたけど、いっこうに減らない
わかるでしょう？　旅に出るっていうこと
住んでる場所を離れるっていうこと
旅また旅を
生き延びるために携帯しなきゃいけないものがある
しかたがない、わたしは夫を呼んで離婚届を作り、子どもたちを呼んでおかあさんはしばらく帰らないよといい、つまり縁とか情とか言葉とかそういうものを切り捨ててみたら飛行機にやっと乗れる重さになった、着いたときに持って

いたのは、わずかな着替えと現金、パスポート、ビザウェイヴァーの半切れ、クレジットカードと国際免許証
カリフォルニア、空が青くて、海岸と荒れ地と住宅地しかない、夜になると霧が出て、何もかも乳色に浸かって見えなくなった、足先が冷えた、靴下を買った、三日はいたら破けるような安物の靴下をはいて、じっと見まもった、コヨーテの気配を
（ええ、まったくの一人で
と人にはいってるけど、それはうそだ
コヨーテのことをいつも考えていた
同行二人だった）
アライグマの死んだのは見た
スカンクの死んだのも見た
においも嗅いだ

最初の夜に出会った人がいった
ほらスカンクのにおいが充満してますね、どこかでスカンクが死にましたね
そのときはわからなかったが今では嗅ぎ取れる
ああスカンクのにおいが充満してますね、どこかでスカンクが死にましたね
わたしが人にそういえる
でもコヨーテは
見なかった
（同行二人）
通りすがりの人が
出て行きなさいといった
何をしに来たの、こんなところにいたんじゃ探したいものは探せないよ、折角
来たんだ、出て行きなさい、コヨーテのいるのはここじゃない、もっと遠く、
もっと深く、もっと何もないところ、もっと

それでわたしは東へ向かった
大陸の西の果てから東へ
州間高速道路は
奇数が北から南へ
偶数が東から西へと走っている
５００番台は５号線（南から北へ）のバイパス
８００番台は８号線（西から東へ）のバイパス
５号線を南下して５８０号線へ
さらに南下して８号線にぶつかるとそれを東へ
東へ東へ東へ
東へ
アリゾナに入って１７号線へ
フラッグスタッフで８９号線へ

道端のモーテルに飛び込んで寝て、起きて
また走り出した
朝は日射しがまぶしかった
ガソリンを補給するたびに個別包装のチョコレートブラウニーを買い込んで、
片手で包み紙を引き裂いて運転しながら食べた、くちゃくちゃとくそ甘い塊が
口蓋にこびりついた、夜、モーテルの前に停まると車は停まったのに指がハン
ドルからはがれなかった、それから、モーテルの受付で、いうべき英語はわか
っているのに声が口から出てこなかったことも
(同行二人)
道端で立ちすくんでいる女がいたから、どうしましたかと拙い英語で声をかけた
ガス欠である、近所のガソリンスタンドまで連れていってはくれまいか
と相手も拙い英語で答えた
助手席に坐って女がいった

わたしはナヴァホだ、
あなたはどこから来たのか、と
カリフォルニア、とわたしは答えた
いや、そうじゃなくて
と女はいった、どこの部族か
（同行二人）
カイエンタから163号線に入ってモニュメントヴァレーへ
昔、コヨーテがいっていた
あれは凄いところだ、月がのぼって日が沈む、と
海と同じようなものかとわたしは想像した
行ってみたら海じゃなかった
岩がそびえていた
もっと岩が、さらに岩が

赤い岩が
砂埃の中に
そして岩の上から日没を見とどけた
163号線に戻ったときにはどっぷりと日が落ちて、光景は闇に沈み、目の前の道一本しか見えなかった、眠る場所を探して走った、何も見えなかった、何もなかった、窓の隙間から音が入り込んで細く高く長くつづいた
ひーいうーううう
ひーいうーうううう
アシ笛だ
風さえ通るに通り抜けられない細い固い窓の隙間だ
ひーいうー
うーううう
うーひーうー

（それをきいたのも二人）
かなり行くと、大きなモーテルが一軒見えて、近づいてみたら、空き部屋ありと、このままモーテルが見つかるまで何時間でも走ろうと思っていた矢先だった、絶対に停まるまい、夜っぴてでも走って停まるまいと思っていた矢先、どこの都市にもあるホテルチェーンの一軒だった、ひさしぶりにまともな部屋に眠った、ベッドは大きくてふかふかで、バスタブにはお湯がたまった
（それも二人）
翌朝
車は汚れ切っていた
まっ赤な砂や土くれが車体にこびりついて
虫の死骸や血の飛沫がフロントガラスにこびりついて
だれも知らない、わたしがここで眠ったこと、今ここを出ること、どの方角に行くかということ、だれも

野たれ死ぬには
もってこいの日
走り出て五分も行かないうちに
コヨーテが一頭
すべての足を直立させて仰向けに死んでいるのを見た
（それはわたしと
わたしの同行者だった）

註　金関寿夫先生の声をお借りしました。

コヨーテ、妊娠する

伝え聞いたコヨーテの話をします。

放浪中のコヨーテが、ばったりキツネと出会いました。

〈おう、おとうと、おまえかい、旅してるのかい〉

〈おう、おれだい〉とキツネは答えました。

〈世界はどんどん住みにくくなってきやがる、どこかにちゃんと住めるようなとこはないものかと思ってさ、あにき、おれが探しているのはそれだ〉

〈そのとおりだ、おれもまったくおんなじことを考えていたよ、そして、もしだれかがだれかといっしょに住もうっていうんなら、おれも仲間入りしたいもんだとね、どうだい、いっしょに住むことにしちゃ？〉

それでコヨーテとキツネは、住む場所を探していっしょに行くことになりました。二人が走っていくとアオカケスに出会いました。

〈おう、おとうと、旅してるのかい〉

アオカケスは答えました。

〈この世はひどく住みづらくなっちまってなあ、あにき、おれはちゃんと住めるところを探してるんだい〉

〈うれしいじゃねえか、おれたちも同じものを探してるんだよ、おれはずっと考えていた、もしだれかがだれかといっしょに住もうってことになったら、ぜひともおれも仲間入りしようってね、そんなときにこいつに出会った、いっしょに住むことにした、どうだい、おまえもひとついっしょに住むことにしちゃ？〉

それでコヨーテとキツネとアオカケスは、住む場所を探していっしょに行くことになりました。三人が走っていくとシラミに出会いました。また同じような話になり、シラミもまた仲間入りしたというわけです。

まもなく冬になり、雪が降ってきました。コヨーテとキツネとアオカケスとシラミは、苦労の末にやっとヘラジカを一頭しとめましたが、そのあとは何もなくなりました。どんぐりも食べつくし、木の虫も食べつくし、木の皮も食べつくし、木の根も食べつくし、食べるものは何にもなくなりました。四人はげっそりやせこけて、たんに住む場所を探しているだけなのに、住む場所を見つけるのはなんてむずかしいんだろうと、てんでにため息をつきました。そのときコヨーテがいいました、

〈おいみんな、きいてくれ、むこうに村がある、あすこにゃ食べものもたくさんある、長の息子は狩りがうまい、そいつにはまだ女房がいねえ、でも欲しがってるということだ、どうだい、あそこにいこうじゃねえか、おれが女房に

なる、女のふりしてそいつと一緒になる、そうすりゃおれたちゃ春まで安泰〉

みんなが喜びにうめきました。

そこでコヨーテは、ヘラジカの肝臓を取り出して、それを使って陰門をつくりあげました。そしてペニスの上にはりつけました。なんと、ぴたりとはりつきました。

〈どうだい？〉

〈いいね！〉とみんな喜んで叫びました。

それからヘラジカの腎臓を使って乳房をつくりあげました。それから、それを胸の上にはりつけました。ちっぽけな乳首の上に、ぴたりとはりつきました。

〈どうだい？〉

〈いいね！〉とみんな喜んでまた叫びました。

なめし皮だのヤマアラシの針だのを使って、みんなでコヨーテをつつみあげ、飾りたてましたら、それはそれは、きれいな女ができあがりました。

それからコョーテは、キツネと交わりました。キツネがペニスをそのつくりものの陰門にさし入れるが早いか、陰門は固く締まってペニスをくわえこみました。〈おう〉〈おう〉とキツネはあえぎました。

〈おう〉とまたあえぎました。

キツネがあえぐたびにキツネのからだは陰門の中に飲み込まれていきまして、最後にぶるぶるっと震えたかと思うと、キツネはつくりものの陰門に、それからその奥の子宮にすっぽりと飲み込まれてしまいました。

〈そこにいるかい?〉とコョーテがききました。

〈いるよ〉とキツネが答えました。

それからコョーテは、アオカケスと交わりました。アオカケスがペニスをつくりものの陰門にさし入れるが早いか、陰門は固く締まってペニスをくわえこみました。〈じぇー〉とアオカケスはあえぎました。

〈じぇー〉とまたあえぎました。

アオカケスがあえぐたびにアオカケスのからだは陰門の中に飲み込まれていきまして、とうとう陰門の奥の子宮の中に、すっぽりと飲み込まれてしまいました。

〈そこにいるかい？〉

〈いるけど尾っぽがまだ出てるよ〉とアオカケスは答えました。それでコヨーテがヴァギナをきゅっと締めますと、アオカケスがため息をついて、〈ああ入った〉と答えました。

それからコヨーテは、シラミと交わりました。体が小さいのでシラミはやすやすと入りこみました。

〈そこにいるかい？〉

〈いるよ〉とシラミが答えました。

こうしてコヨーテは、何もかも腹の奥深くにおさめると、村をめざしてひとりで歩き出しました。

村はずれに老婆がひとり住んでおりました。コヨーテが化けた女をみると、こういいました。

〈むすめさんや、このあたりを旅してる目的はなんだね？　何か目的があるはずだよ、こんな旅をしているからには〉

そして村の中に走りこんでいって、叫びました。

〈ほ、ほ、誰かが長の息子にあいにきたよ〉

それをきいて長が、自分の娘たちにいいました。

〈その女のほしがってるものなんてお見通しだ、おまえたち、行って義理の姉を連れてこい〉

それで長の娘たちが、その女を追いかけ、追いついて、連れてきました。とても美しい娘でありました。長の息子は娘を気に入りました。もちろん娘は承諾しました。村の人々は、娘のために、干しトウモロコシをどっさり煮まして、うー、そこらは甘い香りでいっぱいになったものです。それから人々は皮むき熊のアバラをどっさりゆでまして、うー、したたる脂で池ができたものです。それがもちろん、コョーテがやって来た理由でした。食べ物は熱々でした。人々は皿に移しました。さましました。そしてコョーテの前に置きましたら、コョーテは、さましもせずに、ぺろんごっくん、一瞬でのみこんでしまいました。

長の息子は何も疑いませんでした。まもなく息子の妻は妊娠しました。そしてたちまち男の子を産み落としました。日数も経たないのに息子の妻はまた妊娠しました。そしてまた男の子を産み落としました。そしてまた妊娠しました。そしてまた男の子を産み落としました。長の息子は有頂天でした。

赤ん坊というものは、生まれ落ちるとすぐ泣くものです。そして泣きやむものです。ところがその子どもたちは泣きやみませんでした。育つにつれて泣き声が大きくなり、やがてとてつもなく大きくなり、長の息子はもちろん、村の人々はみな、夜も昼も、眠れなくなりました。赤ん坊を泣きやます婆さんも、霊を鎮めるシャーマンも、泣きやますことはできませんでした。子どもたちは泣きつづけました。人々が耳をすますとそれは歌のように聞こえました。

〈なきむしこぞうを　なきやますには　雲のかけらが　あればいい〉

シャーマンに聞きにいっても〈ああ、雲のかけらってのは、うむ、雲が、こう、かけらになったやつだ〉というばかり、誰にも何にもわかりません。空にあるやつにはとうてい手が届きません。困りはてているうちに雪が降りました。だれかが雪をすくい取ってみると、なんと、雲のようでありました。それで子どもたちに持たせてみましたら泣きやみました。ところがまもなくまた泣きはじめました。耳をすますとこう聞こえました。

〈なきむしこぞうを　なきやますには　青空のかけらが　あればいい〉

人々は青空のかけらをもとめて右往左往しました。でも何にも手に入りません。雪がやんで青空が見えましたが、手に届きません。しかし春がきて、生えてきた草が、光の加減で青く見えるとだれかが思いました。それで草をむしって子どもたちに持たせてみましたら泣きやみました。ところがまもなくまたかれらは泣きはじめました。耳をすますとこう聞こえました。

〈なきむしこぞうを　なきやますには　青葉のかけらが　あればいい〉

トウモロコシが青々と繁るころでした。人々はその葉っぱをあたえて、子どもたちを黙らせました。ところがまもなくまたかれらは泣きはじめました。こんどはこういう歌でした。

〈なきむしこぞうを　なきやますには　焼きトウモロコシが　あればいい〉

トウモロコシの実るころでした。人々はトウモロコシを焼いて子どもたちにあたえました。かれらは黙りました。

季節はうつっていきました。トウモロコシをゆでる時期でありました。村では大きい穴を作り、女たちがみんな集まり、ありったけのトウモロコシをゆでておりました。そのうちだれかがいい出しました。〈臭いわね〉と。〈そういえば臭いわね、なんか腐ったもののにおいがするじゃない？〉

〈あらやだ〉とまた別の女がいいました。

〈腐ったまんこのにおいだわ〉

〈あんたそんなもの嗅いだことあるの〉

〈腐った肉のにおいだわ〉

〈そんなものあったら食べちゃうよ〉

〈なんか臭いわね〉と女たちはくすくす笑いました。

〈あんたのあそこが臭うんじゃない？〉

〈ちがうわよ、あんたじゃない？〉

〈なによ、あんたじゃない？〉

とふざけていいあってるうちに、追いかけっこがはじまりました。

〈あんたじゃない？〉

〈あんたじゃない？〉

女たちは走りました。息をきらし、顔をまっかにほてらせて、笑いながら、

〈あんたじゃない？〉

〈あんたじゃない？〉

女たちは笑いながら走って、いろんなものを蹴倒したり飛び越えたりしました。そして、長の息子の妻も、笑いながらゆで穴を飛び越えました。そのとき

何かが落っこちました。腐ってぷんぷん臭うもの。円錐形の腐った肉がふたつに、唇みたいな形の肉がひとつ。そこにはまだ精液がぬらぬらとこびりついておりましたって。

コヨーテは逃げ出しました。キツネとアオカケスとシラミも逃げ出しました。女たちはおどろき呆れ、男たちは恥じました。長の息子は、だれよりも恥じました。

註　ウィネベーゴ族の話から。

風一陣

平原で。
日が沈んで日がのぼりました。
日が沈むとき
日がのぼるとき
風が一陣吹き抜けました。
夜には遙か向こうに焚き火が見えました。
糞を燃やした焚き火でした。
糞の匂いがただよってきました。平原の草の匂いでした。

ニガヨモギ（キク科）。セージ（シソ科）。いや、野生のニラ（ユリ科）。
ああ。二つの平原の記憶がごっちゃになってるようです。
モンゴルにいった記憶。
ネブラスカからサウスダコタにいった記憶。
羊を殺す人々に出会いました。
見ていましたら、殺していた人に、手伝えといわれました。
は？　という顔をしていたら、手振りと身振りと表情で、
手伝え、手伝いたいんだろ？　興味あるんだろ？
おずおずとそこにしゃがむと、ここ、ここ、とわたしの手はみちびかれ
羊の尻のあたりの脂肪をつかむようにいわれました。
だからずっとつかんでいました。
死んだ羊。
慣れた手つきで人々が、四つの脚の根元を切り裂き

ぞっくりと
からだを毛皮から剝がし取り
腹があったところに溜まった血を掬い出し
腸の中身をしごき出し
肉から血から腸から毛皮から
ほかほかと湯気がたちのぼるのを。

平原で。
コヨーテの
逃げようとした足を見ました。
罠に残されていて、食いちぎったのだと人々がいいました。
昔に起こったことですから、干からびていました。
干からびた足の先。食いちぎられて。

それを見た人々が、おお、ああ、といいました、おお、ああ、と。
苦しかったろうつらかったろうと。
どうせ死んでしまっただろうと。

その夜、コヨーテがやってきて
きすをしようとわたしを誘いました。
きすはきらい、とわたしはいいました。
べろべろしてねえ、臭くってねえ、
だいたい人のよだれでしょ、啜る気になれないじゃない？
ははは、とコヨーテは鼻で笑いました
それじゃいちばんおもしろいことを知らないことになる！
鼻のきすは、したことある？
とコヨーテはいいました。

したことない、とわたしはいいました。
それでコヨーテはその臭い鼻をわたしに突き出して
わたしの鼻にこすりつけて、ぷるぷると揺すりました。
クリトリスをさわられたような気がしました。
目のきすは、したことある？
したことない、とわたしはいいました。
それでコヨーテはその冷たい目をわたしに突き出して
まぶたでわたしのまぶたを挟もうとしました。
目と目は、ともに奥まっていましたから、なかなか近づかない。
まぶたがまぶたに触れるまでには、頬や耳や歯や鼻や
いろんなところがいろんなところに触れました。
どこもかしこもクリトリスのようでした。
でもほんとは口のきすがもっとずっとおもしろいんだよ、

とコョーテはいいました。
ためしてみたい、とわたしはいいました。
こんな感じといいながらコョーテはわたしの口を口で開け、
なにしろ口吻がとんがってましたから、かんたんでした。
たやすく開きました。
そして長くて臭い舌をぺろりとつっこむと
舌でさぐった、口蓋、歯の裏、歯の表、舌のつけ根と表と裏
どこもかしこもクリトリスでした。
それからわたしの舌をそっくり丸ごと吸い取り
顎がくがくいうほど
強い力で揺さぶりました。
揺さぶられました。
ふしぎなことにそれはさっきまでとても臭かったのに

そのときは臭くなく
よだれはいっぱいたまって口の端から滴りおちるほどでしたが
わたしは躊躇なく音をたててそれを吸い取り
呑み込んでしまいました。

平原で。
コヨーテがそこに立っていました。
あれはおれのだ、そういってコヨーテはわたしに
無くした前足を見せました。
そこには前足がありました。
生えるんだ、無くしてもまた、
そういいました。
大きくなるんだ、どんなに小さくなってもまた、

「愛」と同じ、
そうもいいました。
これが唯一と思っていてもそれを無くしてしまったとき、
またいつか新しいのに出会う、またこれが唯一と思いこむ、
つまりみんなペニスみたいなもの。

平原で。
大地が波みたいにうねっていました。
東、西、南、北、どっちを向いても大地がピンク色に染まっていました。
雲が浮かびました。地面を雲の影が動いていきました。
車がたてる土煙が、煙しか無いように、通り過ぎていきました。
遠くで雨雲から雨が降りてくるのが見えました。
さらに遠くを

ラクダの群れがゆらゆら動いていきました。
平原はニラのにおいでみちみちていました。
平原はコョーテの体臭でみちみちていました、犬の、雄の。
欲情した、雄の、犬の。
平原の記憶がごっちゃになってるようです。
ネブラスカからサウスダコタにいった記憶。
コロラドからニューメキシコにいった記憶。
サウスダコタからワイオミングをとおってモンタナに
ニューメキシコからユタをとおってネヴァダに
いった記憶。
どこの平原も、足元はごつごつの石と砂だらけでした。
向こうに緑の草地がありました。
そこまでたどり着くとそこもやっぱり石と砂だらけなのを知りました。

馬鹿にしたようにトカゲが隠れ、馬鹿にしたようにバッタが跳ねました。
どっちの平原でも
日が沈んで日がのぼりました。
日が沈むとき
コヨーテとならんでそれを見ていました。
風が吹くぞ吹くぞとコヨーテがいいました。
その瞬間、たしかに風が吹き抜けました。
日がのぼるときにも
風が吹くぞ吹くぞとコヨーテがいいました。

コヨーテ、カエル女を

伝え聞いたコヨーテの話をします。

コヨーテには妻がいませんでした。誰もコヨーテを夫にしたがりませんでした。なぜかというと。

臭いし、信用できないし、ものをいわせるといやみだし、自分勝手だし、あんなものと暮らせないでしょとたいていの女はいいました。いえね、ほんとはみんなが知ってるのよ、コヨーテはやりたがりなの、毎日何度でもやりたがるってのよ、あんなのと一緒になったら朝昼晩顔をあわせるたびにセックスさせられちゃうわ、まんこは痛くなるし、いつも大きいおなかを抱えてなきゃならないし、たまんないわとカモ女もウサギ女もアビ女もいいました。

そんなわけでかわいそうなコヨーテ、オナニーするしかなかったんですけどね、みなさんもご存じのとおりコヨーテの手ってああでしょう、オナニーするにも、とても不自由してました。

毎日毎日やりたさに身もだえて。そればっかり考えて。いえ、だれだって心当たりのあることだと思いますが。ちょっとばかり度を越していただけです。

ある日、コヨーテは干し鮭を買いに、海辺のほうに出かけました。まだそんなに遠くへいかないうちに、コヨーテは、二人のカエル女がカマスを掘ってるのに出くわしました。

カマスはユリ科の植物で、根を食べます。焼いてそのまま食べてもよし。甘くてほくほくしてうまいです。焼いたのをすりつぶして二度焼きしてもよし。

甘みが強くなって日持ちします。

その辺一帯はカマスの花が、こないだまでそれはきれいに咲き乱れていた野っ原ですが、もう花の時期が過ぎて、すっかり枯れてました。そこに二人のカエル女が、なめらかな背も尻も泥だらけにして、しゃがみこんで夢中でふとった根っこを掘りあげておりました。少しだけ残った遅咲きの花も茎もそこらじゅうに踏みしだかれておりました。カエル女たちは棒を土につっこんでがつがつと掘っておりました。

そこにコヨーテが通りかかったわけです。おお、おお、みんながみんなを殺すんだなとコヨーテは思ったわけですよ。

〈あら、コヨーテ〉

とひとりのカエル女が振り向いていいました。

〈あら、コヨーテ〉

ともうひとりのカエル女も振り向いていいました。

しかしコョーテは気づかないふりをしていたもので、カエル女たちは、大声で呼び立てました。

〈ねえ、どこいくの〉

〈ねえ、どこいくの〉

コョーテは聞こえないふりをしました。だからまたカエル女たちは呼びました。それでもコョーテは何にも聞こえないふりをしました。三度目に呼び立てたときやっとコョーテは気づいた……ふりをしました。カモ女やアビ女にはこんな手はきかないんですが、カエル女ならなんでもききました。なにしろ、もともと少しぼんやりした、ひらたくいえば頭の足りない女たちでした。

〈なにか？〉とコョーテはすましで聞きました。

〈なにも、ただちょっとききたいなっておもって〉とカエル女はいいました。

〈なにを？〉とコョーテ。

〈どこいくのかなっておもって〉

〈海辺にね、干したシャケを買いに〉

〈そんならかえるときすこしおいてってくれない？〉

〈いいともよ〉とコヨーテは請け合いまして、歩きつづけたわけです。

さてと、コヨーテは歩きながら考えました。

〈あの二人なら赤子の手をひねるようなもんだぜ、二人とも目はあっちとこっちに離れてやがるし、肌はつるつるで毛の一本もねえし、おつむはあんなに小さくて何にも考えていやしねえし〉

そしてまだそんなに遠くへいかないうちに、コヨーテは、スズメバチの巣が木の枝にぶら下がっているのに出くわしました。そこで、コヨーテは巣に近づいていき、あっという間に木からはずすと、巣の口を閉じてしまいました。ハチは怒って巣の中でわんわん唸りました。コヨーテはかまわずそれを背負ってた袋に入れまして、巣の口を開けるや袋の口をくくって閉じました。つまりハチは、袋の中をぶんぶん飛びまわるけど袋の外には出てこないというふうになりました。

コヨーテは袋を背負って、カエル女のところにもどっていきました。女たちはまだ無心にカマス掘りをしてました。

〈あら〉

とひとりがコヨーテに気づきまして。

〈あら〉

ともうひとりも気づきまして。でもコヨーテはいっこうに気づいてくれないものですから、また女たちは大声で呼び立てました。

〈ねえちょっと、かえるとこなの？〉

〈そうだよ、帰るとこだよ〉

〈シャケをどれだけもってかえるの？〉

〈ほんのちょっとさ〉

〈かえりにおいてってくれるっていったよね？〉

〈いいよ、取りにおいでよ、持ってっていいよ〉

女たちはやってきて、コヨーテの袋をほどきはじめました。

〈とりだせないよ〉と女たちはいいました。

〈ほら大きく口を開けといてやるから、二人とも袋の中に頭をつっこんじまいなよ、奥の方にあるから〉

二人はまったく言われたとおりにしました。そのときコヨーテが袋を思いっきり蹴とばしますと、スズメバチはかんかんに怒って巣から飛び出してきて、二人のカエル女を突き刺しました。カエル女たちはじたばたしましたけど、コヨーテが袋の口をしっかり閉じて握ってますからどうにもならず、ああ。ああ。ああ。ああ。ハチは突き刺し、突き刺し、突き刺しました。

あ。あ。あ。あ。

カエル女たちは死んで静かになりました。

死んでぐったりしているカエル女たちを袋から引きずり出すと、コヨーテは濡れて冷たい女たちのからだから、濡れて冷たい陰唇を、膣ごとそっくり切り取りまして、懐に入れて、その場を離れました。

コヨーテはずっと懐に手を入れて、くじりながら歩いていきましたのです。なんと、良いものが手に入った。しゃべったり食ったり放屁したりもする妻なんかよりずっと良いもの。長年の夢がこれでかなった。いまや、いつなんどきでも、交接したいと思ったときに交接ができるのであります。そう思うとくじるだけではあき足らず、矢も楯もたまらず、立ち止まり、いそいで地面に穴を掘ると性器を埋め込み、がばと身を伏せて、ぐいぐいとそれと交接いたしました。

〈はうーはおうっ〉

コヨーテは快感に雄叫びをあげましたとも。それから性器を懐に入れてまた歩きはじめましたが、五歩と歩かないうちにまた交接したくなって、こんどはそこにあった木のくぼみにはめ込むと、はっは、はっはと息を荒げて交接いたしました。

〈はうーはおうっ〉

コヨーテは快感に雄叫びをあげましたとも。そしてまた性器をだいじに懐に入れて歩きはじめました。


カマスの荒野では、死んで倒れていた女たちがぴくりぴくりと動き始めました。カエル女はときどき生き返るのです。むくりと起きあがると、ひとりがまんまるい目をしばたたかせながら自分のからだを調べてみまして、泣き声をあげました。

〈あたしのまんこがないよ〉

もうひとりが見てみますと、やっぱりなくなっておりました。

〈あたしのもないよ〉とふたりめが叫ぶと、

〈あたしのもないよ〉とひとりめがまた叫び、

〈あたしのもないよ〉とふたりめがまた。
ないよないよとしばらくいいあっておりましたが、ようやく、どうしてないのかなとカエル女たちはかんがえることを思いつき、かんがえてみたらば、コヨーテかもと。コヨーテはまやかしをするし、まんこはなくなっちゃったから、やっぱりコヨーテのしわざかもと、ふたりはそういう話に決めました。そして立ち上がると掘りあげたカマスの根と掘り棒を持って、シャケは無しで、家に帰りました。雌のカエルに性器が無いのはそういうわけだと人がいいました。

註　アルセア族の話から。

百も千もたちあがる

鍵の無い便所で、下痢のさいちゅうです
何も病気はありません、ただの下痢、単純な
鍵が無い便所は不安でした
なぜ便所に鍵が無いのだろう
前から鍵が無いのには気づいていました
へんな便所だと思っていました
呪いがかかっているようだと
昔ここに住んでいただれかが

わたしに呪いをかけたようだと思っていました
呪いのかかった便所で何百回何千回
ウンコもオシッコもしたことか、経血も流したことか
すると、だれかがとんとんと戸をたたきました
わたしは便器にすわってさけびました
開けないで！　開けないで！
だれかはとんとんと戸をたたきつづけました
わたしはそのあいだにも
様々なものをくだしつづけていきました
ひよこ豆が出てくる
羊肉が出てくる
香菜が出てくる
野菜はみんなどろどろに溶けはてて

カタチも何もなくなって出てくる、それから便器の中に
ばしゃりばしゃりとくだってくるのは
クミン、コリアンダー、カルダモン
炒めたたまねぎ
焦がしたにんにく
酸っぱいタマリンド
下痢色のターメリック、カラシの種
だれかはとんとんとたたきつづけます
ところが便器の水が流れない
わたしは下痢をかき消さなくてはいけないと焦る
わが下痢のニオイを人に嗅がれる
わが下痢のカタチを人に見られる
吐瀉物ならへいき、見られてもへいき、ええ

むかしはよく飲み過ぎてだれの前でも吐いたものでしたよ（ふっ）
しかし今、開けられたくない戸を
たたく、たたく、たたく、たたく
知っています、あれはだれか
あれはコヨーテ
全身を赤く塗り
わたしと性交しようとやってきた
そのために準備をととのえてやってきた
開けないで！　開けないで！
わたしは鍵の無いドアを抑えつけて必死に叫びました
それでもコヨーテはとんとんと戸をたたきつづけます
とんとんとたたきつづけます
しかたがない

わたしは流れない下痢をそのままに
口から吐きもどしはじめました
まだ出てくるひよこ豆、カルダモン、コリアンダー、ターメリック
羊肉、鶏肉、ホウレンソウ
そして
発酵した牛の乳
発酵した大麦
発酵したブドウ
発酵した魚の内臓
発酵した獣の内臓
わたしはすべてを洗面器に入れ、便所の戸を開けて
コヨーテに差し出しました
コヨーテは

全身を真っ赤に塗りたくってありました
目のまわりにはするどい入れ墨、頬には白い模様を描き
髪の毛は編んでねじって獣油をしみこませてありました
弓矢をたずさえて、ニオイを嗅ぎ取ろうと鼻の穴を膨らませました
しかしまだペニスは不出来でありました
戸は開けられたが
ペニスは立たない
そのことでコヨーテはすっかり悄気かえっておりました
そこに差し出された食べ物です
コヨーテは食べ物を受け取ると、すわりこんでむちゅうで食べました
勃起も忘れて食べました
うまいうまい、こんなうまいものは食べたことがない
もっともっとと

その頃までには便器の中の流れない下痢便が
ふつふつと発酵しておりました
わたしは大量の大量のヴァニラビーンズを
たっぷり加えました
これはわたしの工夫です
発酵をさらにすすめるつもりです
わたしの手指もぼつぼつと切り落として混ぜました
折から始まった経血もしぼり入れました
それからシナモン、粉にしてとがらせたシナモン
そしてカルダモン、かみつぶしたカルダモン
さらに大量のヴァニラビーンズ
おお、匂う、匂う、と
コヨーテはうめき、そしたらにょきにょきと

コヨーテの全身から百のペニス、千のペニスが生え出て、にょきにょき
立ちあがり
百も、千も
コヨーテは矢をつがえ
射抜きました、わたしの中心
それから立ちあがった百のペニス、千のペニスでもって
わたしの穴、穴という穴
洗いもしないでそのまま貫き
抜き差し、また貫き
わたしは
獰猛になり破れかぶれになり
わたしで無くなり
ちりぢりになり

こなごなになり
発酵が
ぐつぐつとたぎりおこって全身を
侵しました

コヨーテ、種をまく

伝え聞いたコヨーテの話をします。

コヨーテがゆくあてもなく歩いておりますと、景色のかくべつに美しいところに行きあたりました。

澄んだ水の流れから森が揺るぎ出て、どこまでもつづく丘がうねり、草が鼓動のように波うつところ。空は青く、雲は白く、草は緑で、花が咲き、鳥は啼き、雲の影が草の上に、いっときもやすまずにうつろっていくところ。

腰をおろして眺めておりましたら、横になりたくなりました。ついでに毛布にくるまってぬくぬくとしましたら、いい心持ちで眠り込みました。目が覚めて、何かが頭の上に浮かんでいるのが見えました。

〈これはどっかの族長の合図だな、大きな宴会をひらくときに、連中はいつもこうするもんな〉

ところがなんだかぅすら寒いのに気がつきまして、ふと見ると、かけていた毛布がない。それで、頭の上に浮かんでいるのは自分の毛布だと知りました。毛布は、空高く浮かんでいました。昼寝している間に、またしても、コヨーテのペニスがかちかちに固くなって立ちあがっていたからです。コヨーテは舌打ちして、自分のペニスに話しかけました。

〈おとうとよ、毛布がどっかへ飛んでっちまう前に、取り戻してこい〉

そしてペニスを撫でさすり、たぐり寄せますと、ペニスはだんだんと柔らかくなりまして、毛布も下に降りてきました。

コヨーテは、ふだんペニスをしまっておく箱を取りだして、くるくるとペニスを丸めたり折りたたんだりしながら、その中に詰め込んでいきました。ペニスの先っぽをつかみとったとき、毛布も、ようやくコョーテの手元に戻りました。

コョーテは、箱をかついで歩き出しました。ゆくあてもなく歩いていきますと、だれかがすぐそばでこう歌いました。

〈おうい、コョーテ、どこへいくんだい
　何をかついでるんだい
　　箱の中身は、そりゃ
　　　おまえのちんこかい〉

はう?

コョーテは立ち止まってつぶやきました。

〈いけすかないやろうだな、なんだって箱の中身を知ってやがんだろう〉

でも、歩き始めるやまたその声がして、

〈おうい、コヨーテ、どこへいくんだい
　何をかついでるんだい
　箱の中身は、そりゃ
　　きんたまが二つ、そうだろう〉
はぅう?
コヨーテはまた立ち止まりました。
〈いったいだれだ、おれの行くとこ行くとこついてきてるのか、こりゃいったん箱を詰め直した方がいいな〉
そうしてコヨーテは、箱を開け、中身をずるずるとぜんぶ取りだして、もう一度丸めたり折りたたんだりしながら、詰め直しました。でも今度は、睾丸だけは出しておきました。箱は背中にかつぎ、睾丸は、背中にじかにくくりつけました。ところが歩き出すと、またすぐそばで、その声がしました。
〈おうい、コヨーテ、どこへいくんだい、

何をかついでるんだい
　きんたまがさかさまだよ
　　たまきんになっちゃうぞ〉
はうっ？
〈からかってやがる、いやな野郎だ、おれが詰め直すのを見てたんだな〉
コヨーテはぶつぶついいながら、また丸めたり折りたたんだりして詰め直し、
こんどは睾丸は中に入れて、ペニスの先っぽを、箱のいちばん上に乗せました。
そして歩きはじめましたら、今度はこう歌いました。
〈おうい、コヨーテ、どこへいくんだい、
　何を持ってるんだい
　　箱のいちばんてっぺんに
　　　ちんこが顔を出してるぞ〉
はううっ、ここまでいわれてコヨーテも我慢ができなくなりました。

〈いったいぜんたいどこのどいつだっ〉

声のする方にむかって闇雲に飛びかかっていきますと、声の主は、ちきちきちきちきと甲高い声をあげて、木のうろの中に逃げ込みました。見れば、小さなシマリスでした。

〈やられた分はきっちり返さねえと、気が重たくっていけねえや〉

コヨーテはペニスを取り出し、するすると伸ばしてうろの奥に送り込みました。ちきちきちきちきと、うろの奥から、からかうようなシマリスの声が聞こえました。コヨーテは歯ぎしりして、ぎちぎちぎちぎち。でもペニスは奥までとどきません。

コヨーテはもっと長く引っぱり出すと、もう一度送り込みました。でもまだ奥にはとどきません。

コヨーテは、もっともっと長く引っぱり出して、すっかりほどいて長くして、さあ行け、ともう一度。でもまだ、奥の奥まではとどきません。それでとうとう残っていた分まで全部取り出しましたら、箱は空っぽになりました。

　そしてもう一度、ペニスの根元を持って、振り回して勢いよく、さあ行けそれ行け！　勇敢なおとうと！　木のうろの奥をめざして！　でもだめでした。どうしても、奥の奥まではとどきません。

　コヨーテは、木にぺたりと抱きついて、なるたけペニスが遠くにとどくように、それはもうがんばりましたが、やっぱりだめでした。ペニスは、あっちにゆらゆらこっちにゆらゆらしてましたけど、奥の奥には、どうしても、とどきません。そのとき、何かが触れました。ちくっとしたなとコヨーテは思いました。それで、引き戻してみると、なんと、ペニスの先が、シマリスの口の分くらい、嚙みちぎられておりました。

　はううっ！

　コヨーテはかんかんに怒りました。一方的にからかいやがって、逃げ回りやがって、卑怯千万にもうろの中に逃げ込みやがって、それだけでも非道なことなのに、なんてことしやがった、ただじゃおかねえっ、と。

〈見てやがれっ〉とコョーテは声をかぎりに叫びながら、ペニスはそのまま、足を踏ん張ると、たちまちその木をぞっくりと引っこ抜き、放り投げ、踏みつぶし、打ち砕き、こなごなにしてしまいました。中にいた、命という命はすべて、一緒くたに殺し尽くされてしまいました。アトリもムシクイもミソサザイもキツツキも巣もろとも消えてなくなり、れいのシマリスも、木のうろごと踏みつぶされて、影もかたちもなくなってしまいました。そしてその木やらうろやら巣やら嘴やら卵やらの中に、コョーテの大事なものもずたずたに嚙みちぎられて、四散しておりました。

〈なんてことだ、おれの大事なおとうと〉とコョーテは泣き出しました。

〈いつもいっしょに楽しくやってたのに、もうどこにもいなくなった〉

そうしてコョーテはそこに三日三晩すわりこんでいましたが、四日目にようやく気を取り直し、こま切れのペニスをかきあつめ、

〈こうしちゃいられねえ、こいつを人のために役立ててやろうじゃないか〉

といいながら立ち上がりました。


コヨーテは、嚙みちぎられたペニスの皮を拾い上げていいました。

〈人は、これを『ぬまゆり』と呼ぶ〉

そしてそばの池の中にそれを放り込みました。それから、嚙みちぎられたかけらをもう一つ拾って、いいました。

〈これを『いも』と〉

そしてそれを遠くに放り投げました。また別のかけらを拾い上げて、

〈これを『かぶ』と〉

そしてそれを遠くに投げました。また、ひとつ拾い上げて、

〈これを『きくいも』と〉

またそれを遠くに投げました。また、ひとつ拾い上げて、

〈これを『つちまめ』と〉
それを遠くに投げました。そしてまたひとつ拾い上げて、
〈これを『かたくり』と〉
それも遠くに投げました。そしてまたひとつ拾い上げて、
〈これを『くさのつめ』と〉
それも遠くに投げました。またひとつ拾い上げて、
〈これを『こめ』と〉
それを水の中に投げ入れました。そして最後に、ペニスのいちばんはじっこを拾い上げ、それを水の中に放り投げると、こういいました。
〈人は、これを『みずのね』と呼ぶ、いつまでもそう呼ぶ〉
名前がついていましたから、人は、野や水の中から、容易に見つけ出すことができました。見つけ出したものは、人の役に立ちました。食べ物になり、栄養になり、かごを編んで、いろんなものを貯めておくのに役立ちました。どれ

もみんな、コヨーテのペニスから出来たということは、いまどきの人は忘れていますけど、ほんとうです。

コヨーテに残ったのはあの箱だけだったんですが、箱というのは、じつはペニスの根元でした。さいわいこま切れになったところより、だいぶ長く残っていました。それ以来コヨーテは、その「箱」をとてもだいじにしました。コヨーテのペニスがふつうのペニスサイズになったのはこういうわけ、といいますか、ぜんたいペニスというものがこんなに小さいのは、こういうわけだったんです。シマリスがずたずたに嚙みちぎったりしてなけりゃ、人もいまだに長いペニスを持っていたんでしょうが、長けりゃ長いで、背中にかついで歩かなけりゃなりません。それはきっと、とてもやっかいなことであります。

註　ウィネベーゴ族の話から。

ぬまゆり　コウホネのことで、根と若い芽が食用です。
つちまめ　アメリカホドイモのようです。
くさのつめ　ツノゴマという植物で籠の主材料になります。
こめ　マコモ科のワイルドライスのことです。
みずのね　食用のオモダカつまりクワイのようです。

タンブルウィード

或る夜コヨーテが訪ねてきて
無くした足をわたしに見せた
どうしても食いちぎらねばならなかったのだ
どうしても出ていきたかったのだどうしても、と
行きなよ、とわたしはいってやった
コヨーテにはいろんなことをされたけど
わたしもいろんなことをしてやった
かみ殺されなかったのが不思議なくらいだ

殺人についての本を読んでいた
人はなぜ人を殺すのか、著者が考えていた
読みながらわたしも考えた
殺すという行為と
セックスをしすぎて相手を大切だと思う行為は
同じじゃないか
そうだ、そのとーりだと、本の中で著者もいった
コヨーテにはわたしに力を及ぼす力がある
それを確信するためにセックスをする、わたしと
わたしにはコヨーテに力を及ぼす力がある
それを確信するためにセックスをする、コヨーテと
平原にタンブルウィードがころがっていく
知ってるか、タンブルウィードは外来の植物

ウクライナから穀物の袋にまぎれてやってきた
花が咲いて種ができて乾いて根から離れる
風に吹かれてころがり出て行く
ニガヨモギの枯れた葎がある、セージがある
コヨーテが横切る
わたしが横切る

初出一覧

わたしはチトーでした
「コヨーテ」No. 7（2005年9月号、原題「チトー」）

コヨーテ、カモ娘を
「コヨーテ」No. 9（2006年1月号）

平原色の死骸
「コヨーテ」No. 12（2006年7月号、原題「死骸を買いました」）

コヨーテ、歯を折り取る
「コヨーテ」No. 11（2003年5月号、原題「コヨーテ、歯を折り取って」）

ロードキル
「コヨーテ」No. 14（2006年11月号、原題「ロードキルの歌」）

コヨーテ、子育てに失敗する
書き下ろし

同行二人
「コヨーテ」No. 10（2006年3月号）

コヨーテ、妊娠する
「コヨーテ」No. 15（2007年1月号）

風一陣
書き下ろし

コヨーテ、カエル女を
「コヨーテ」No. 13（2006年9月号、原題「カエル女、かんがえる」）

百も千もたちあがる
「野性時代」2005年2号（原題「とても単純な下痢」）

コヨーテ、種をまく
書き下ろし

タンブルウィード
書き下ろし

伊藤比呂美 ［いとう・ひろみ］
1955年東京生まれ。詩人。『伊藤比呂美詩集』『河原荒草』（以上思潮社）等の詩集のほか、説話的エログロが満載の『日本ノ霊異ナ話』（朝日文庫）、園芸マニアとしての『ミドリノオバサン』（筑摩書房）、『伊藤ふきげん製作所』（新潮文庫）、『レッツ・すぴーく・English』（岩波書店）等、小説、エッセイの分野でも活躍。米国カリフォルニア在住。

コヨーテ・ソング

2007年5月30日　第1刷発行

著　者
伊藤比呂美

発行者
新井敏記

発行所
株式会社スイッチ・パブリッシング
〒106-0031　東京都港区西麻布2-21-28
電話　03-5485-1321（代表）
http://www.switch-pub.co.jp

印刷・製本
株式会社精興社

ISBN978-4-88418-279-3　C0095　Printed in Japan

SWITCH LIBRARY

藍の空、雪の島　謝孝浩

ある日、戦車に乗って、彼らは突然やってきた——。故郷を追われた少年は、さまざまな苦難を乗り越え、家族とともに海の彼方の「イープン」を目指す。みずみずしい感性が描き出す、ひとりの少年の成長の物語。著者渾身の一作。
定価：本体一六〇〇円（別途消費税）

クレーターと巨乳　藤代冥砂

タイを旅する女性、グラビアアイドル、女子大生など、さまざまな環境に身をおく女たちの恋模様。生きる力、恋する力をみごとに活写した、鮮やかな11の物語。注目の写真家・藤代冥砂が放つ、初めての小説集。
定価：本体一七〇〇円（別途消費税）

246　沢木耕太郎

本を読み、映画を見て、酒を呑み、旅をする。執筆のあいま一息つくのは、幼い娘とのかたらいのひとときだった……。三十代最後の一年の〈疾走〉を描く日記風エッセイが、ついに単行本化。ひとりの作家の「歴史」がここに浮かび上がる。
定価：本体一八〇〇円（別途消費税）